棉被君

文圖 Aki Kondo　　譯 郭玲莉

我要出門嘍。

今天第一次

穿這雙新鞋子出門。

山頂上有一棵好大的樹。

在那裡，你可以把已經用不到的東西，

換成想要的東西。

我把變小、穿不下的鞋子帶來交換。

嗯ㄣ……。

今天沒有看到特別想要的東西，

先把鞋子放在這裡，兩手空空的回家吧。

咦，好像有什麼東西跟著我。

你 —— 是誰啊？

「我是棉被君。
我想成為你的小被子。」

說話的，是一條
身上到處髒兮兮、
有點破舊的被子。

他要當我們家的被子？
不行不行，他太髒了。
讓他回去吧。

你跟我來一下。

「哎呀！
我頭昏眼花了——。」

快！
再上去一點！
再上去一點！

「小男孩，

我還要這樣多久啊？」

等到我睡醒。

你看！是不是和之前完全不一樣了！

以後，我們的點心
都一人一半。

一起玩到想睡覺。

只有今天喔

當然，睡覺也要
一起睡喔。

「小男孩，溫暖嗎？」
呵呵呵，棉被君蓬蓬軟軟的，
有太陽的味道唷。
「我心裡也暖暖的呢。」

「小男孩！

起床了！起床了！」

「只要一下下就好，

把眼睛張開。」

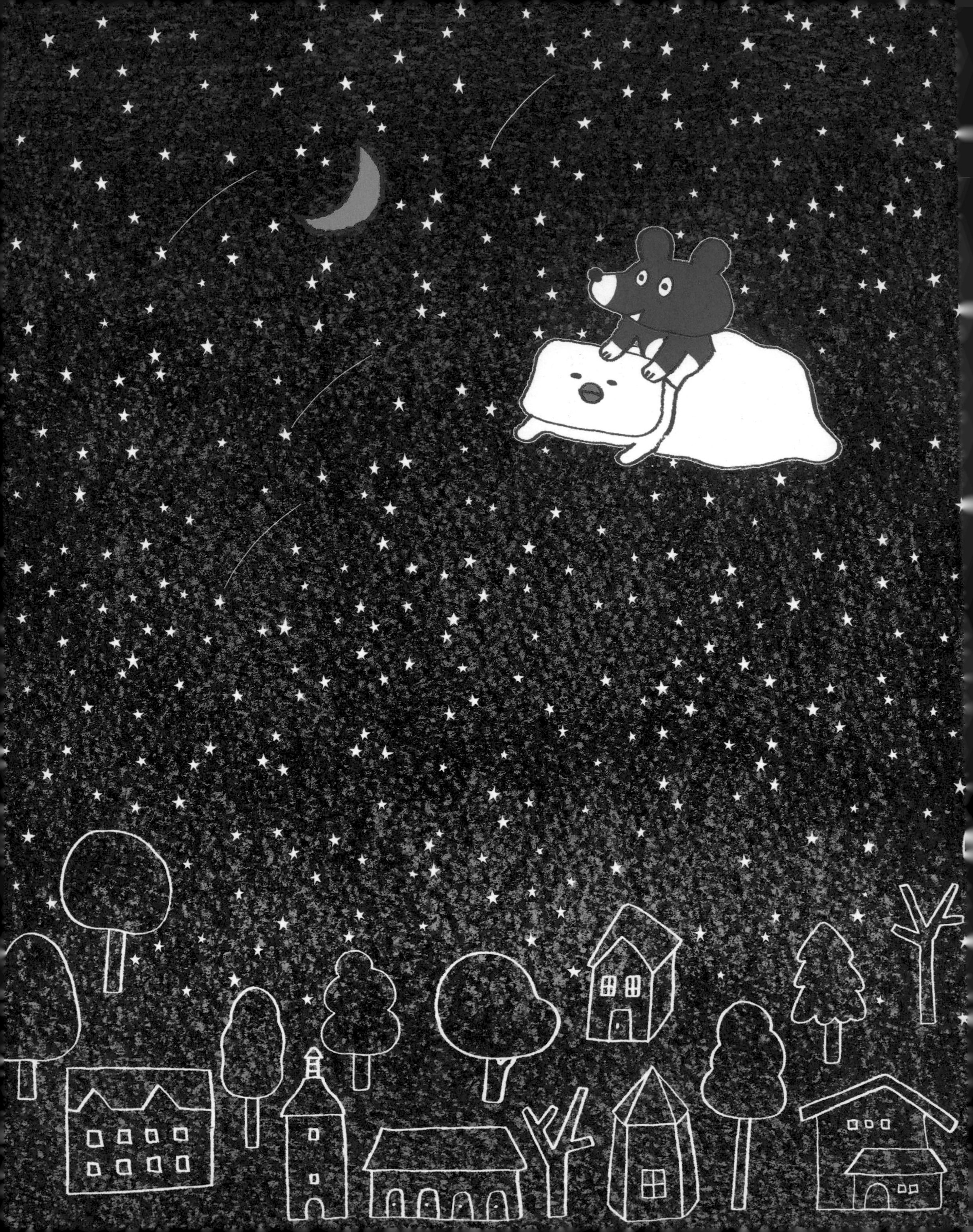

哇！

好漂亮啊！

棉被君！

啊！睡飽了。

咦？棉被君到哪裡去了？

棉被君——

棉被君——

媽媽！ 媽媽！

棉被君呢？

咦，不見了嗎？

到底跑到哪裡去了呢……
說不定因為媽媽說「只有今天喔」，
所以他就離開了。

要是他現在一個人在哭的話， 該怎麼辦？

啊！他會不會是……

啊，猜對了，

果然在這裡！

我要用我最寶貝的橡樹果實

把你換回來，棉被君。

不行不行！

他又髒又破的。

換這件。

剛剛好！　剛剛好！
棉被君。

當我的小被子剛剛好！

今天也做個好夢吧。

明天和後天，

都要一起做個好夢喔！